天使之書

文・圖：郭鴻韻

我以這本《天使之書》

獻給一位天使—

丁若貞

（**Ally Ting**）

公元 **1968** — **2021** 年

她走過人間

我曾經讀過一本書—《天使走過人間》。

讀完這本書，我決心去尋找天使，那些散落在人間的天使。

許多年過去了，始終沒有找到天使。

有一天，一位在路邊行乞的老人喚住我—

〝你的腳步匆忙，在忙些什麼？〞

〝我在尋找天使，那些散落在人間的天使。〞

〝放慢腳步，你就會看到天使。〞老人抬起頭，微笑著對我說。

我放慢腳步，果然看見了天使！

天使在人群中，顯得好小、好小。

天使躲在樹的背後。

天使坐在每一朵花的心裡。

天使展開翅膀，飛往大樹的濃蔭。

樹上坐著六位天使！

偶而也會遇見在樹下沈思的天使。

我會輕手輕腳地離開，以免打擾到天使的沈思。

天使走過人間，並不總是平安順利。

這兒有一位天使，弄丟了自己的翅膀。

啜泣的天使。

中箭的天使。

倒地的天使

被困縛的天使。

被驅趕的天使

被生活折磨，狼狽不堪的天使。

憂傷絕望的天使。

因為翅膀太長了，飛不起來的天使。

並不是所有的天使都有翅膀。

狗狗就是沒有翅膀的天使。

上帝派遣狗狗到人間，特別叮囑狗狗把翅膀收起來，藏好。

貓咪也是沒有翅膀的天使。

毛毛蟲是天使。

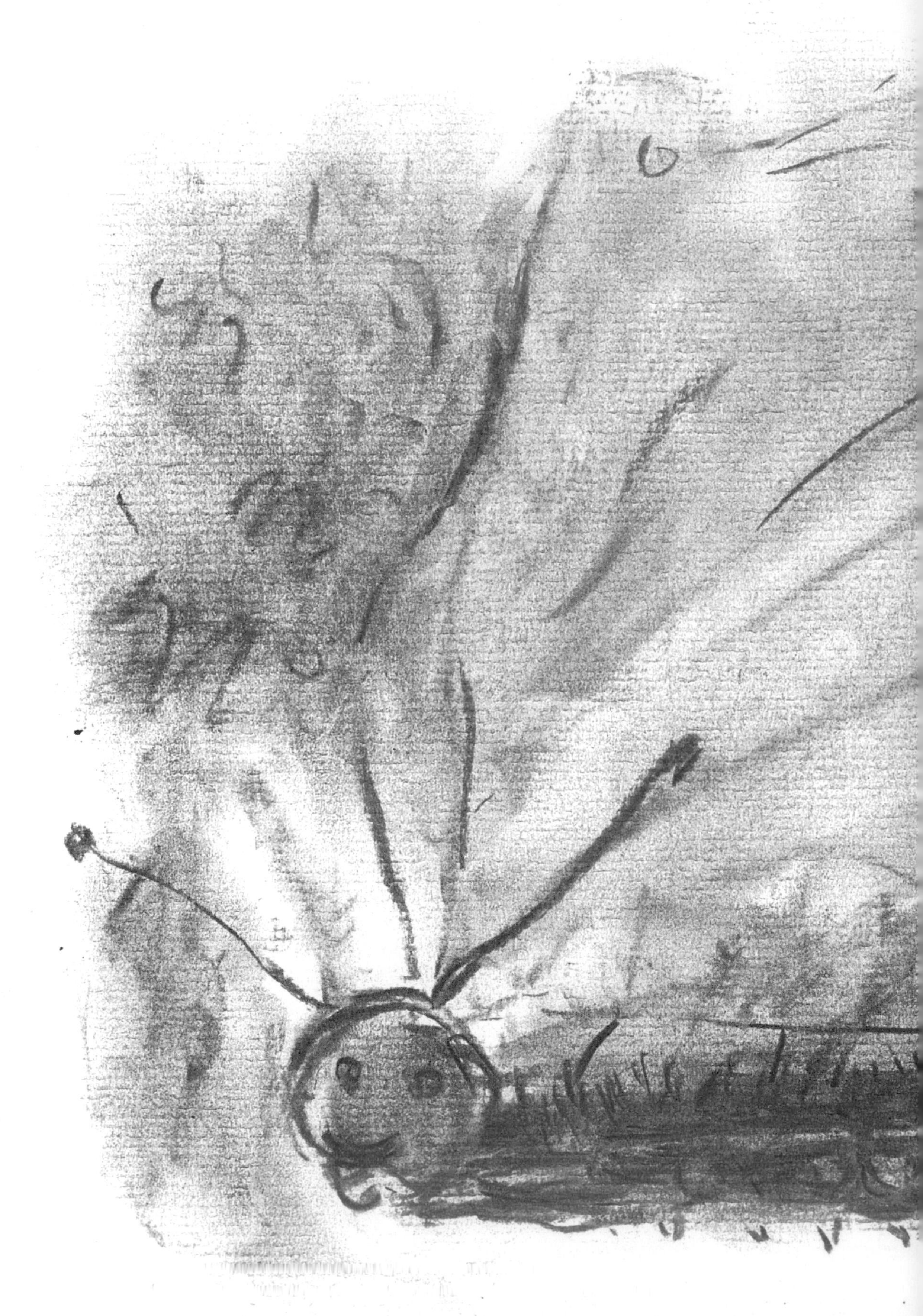

毛毛蟲長大之後變成蝴蝶，就成為有翅膀的天使。

有時我從夢中醒來，望著窗外—

我看見天使飛舞在墨藍的穹蒼。

到處都有天使。

有翅膀的天使，沒有翅膀的天使。

飛翔的天使，折翼的天使。

嬉遊的天使，背負著重擔的天使。

歡樂的天使，憂傷絕望的天使。

銀光閃閃的天使，暗黑憔悴的天使。

那位在路邊行乞的老人也是天使。

後來我在天堂遇見了祂。

祂是大天使。

天使之書

猶太教說：天使是上帝造的，天使的任務是唱詠聖歌，當聖歌唱罷，在裊裊餘音中，天使化為光，就此消失。

基督教賦予天使另一個任務，作為上帝的信使，祂為上帝傳達訊息，例如聖嬰誕生，天使來報佳音，不過偶而祂也會捎來壞的消息。

這是我從小所認知的天使。

後來，我的朋友 Claire 要我去看看保羅 • 克雷（Paul Klee）的畫〝新天使〞，我看了，大吃一驚！更讓我吃驚的是哲學家班雅明（Walter Benjamin），他不但收藏了這幅新天使，更以此寫作了一篇哲學散文〝歷史天使〞。

至此我恍然大悟：謬斯女神有十二位，天使呢？除了聖歌天使、佳音天使、新天使、歷史天使，還有什麼我所不知道的、隱藏著的天使？

這些年來，我真的找著了好多天使，各種各樣的天使！祂們不一定都飛舞在空中，有些天使赤著腳，走在遍地荊棘的世間。

「我好喜歡你畫的天使！」有一天，學生丁若貞對我說，她的臉上發著光。

我和若貞，兩年的師生，一年的室友，三十五年的朋友。

我心想：既然若貞喜歡，我願把我的天使畫編印成書冊，和所有的人分享。

但還來不及付諸行動，若貞就放下了人間的病苦，作了天使。

現在，我把這些天使，收存在這本書裡，送給若貞，也和所有的人分享。

那日我們在和屋裡啜飲著咖啡，
如此度過一個下著冷雨的午后；
然後，你離開了……
而你並沒有真正地離開，
你坐在另一間咖啡館裡，
等待我前來赴約一

作　　者　郭鴻韻
編輯設計　賴麗榕
版　　次　2022 年 4 月 4 日一版一刷
發 行 人　陳昭川
出 版 社　八正文化有限公司
108 台北市萬大路 27 號 2 樓
TEL/ (02) 2336-1496
FAX/ (02) 2336-1493
登 記 證　北市商一字第 09500756 號
總 經 銷　創智文化有限公司
23674 新北市土城區忠承路 89 號 6 樓
TEL/ (02) 2268-3489
FAX/ (02) 2269-6560

歡迎進入～
八正文化網站：http://www.oct-a.com.tw
八正文化部落格：http://octa1113.pixnet.net/blog

國家圖書館出版品預行編目（CIP）資料

天使之書 / 郭鴻韻文．圖．-- 一版．
-- 臺北市 : 八正文化有限公司,
2022.04
面 ;　公分

ISBN 978-986-99608-4-7(平裝)

863.55　　111003473